KB202846

여우가 여우가

여우가 여우가

—

초판 1쇄   2015년 4월 10일
지은이   전정예
펴낸이   김영재
펴낸곳   책만드는집

—

주소   서울 마포구 양화로3길 99 4층 (121-887)
전화   3142-1585·6
팩스   336-8908
전자우편   chaekjip@naver.com
출판등록   1994년 1월 13일 제10-927호
ⓒ 전정예, 2015

—

—

ISBN   978-89-7944-522-0 (03810)

전정예 시집

여우가 여우가

책만드는집

한 십 년 전쯤……
해 질 녘 산길이 어두워질 무렵
따스한 불이 켜 있었던 당신 방 안에 들어가
따뜻한 차 한잔을 나누며 쉬어 갔던
한 마리 작은 여우를 기억하세요?
물론 당신이 '여우야, 여우야'라고
작은 소리로 다정하게 불러주셨죠.

그 뒤 당신 방을 나온 뒤에도
여전히 여우는 혼자서 고개를 넘었는데
곧 끝날 것 같았던 고개는 한없이 펼쳐지더라고요.
아니, 전보다 더 큰 고개도 남아 있더라고요.

이제 다시
'여우가, 여우가' 당신 방문을 두드립니다.
산길은 많이 어두워졌고 힘겹게 걸어온 여우가

따스할 것 같은 당신 방에서 좀 쉬어 가고 싶거든요.
이번에도 허락하시는 거죠?
역시, 따뜻한 차 한 잔만 준비하시면 돼요.

　　　　　　　　　　　　　　－2015년 봄에
　　　　　　　　　　　　　　　　전정예

| 차례 |

4 · 시인의 말

1부   보물찾기

12 · 땅끝마을에서
14 · 보물찾기
16 · 나이 듦
18 · 인생 1
20 · 인생 2
22 · 시인
24 · 순수
26 · 말 3
27 · 눈
28 · 순전한 사람
30 · 이해
32 · 미련
34 · 먼 길 떠날 때
36 · 장마가 끝나면
38 · 자유 하나
40 · 핑계
42 · 거시기, 머시기, 저시기
44 · 막더위
46 · 어지간히 살았네
47 · 전생 엿보기

2부   귀로

50 · 융프라우에 오면

52 · 크라이스트처치의 이별

54 · 베네치아 청년

57 · 동남아 소녀

60 · 아리랑 어원

62 · 사막이 아름다운 것은

64 · 원 달러

66 · 보트피플

69 · 보시

72 · 반딧불 보러 가기

74 · 귀로

76 · 낯선 곳과의 이별

3부 여우가 여우가

80 · 그렇게

82 · 자화상

84 · 여우가 여우가

90 · 가을에 묻다

92 · 가을날

94 · 은행나무

96 · 나무 3

98 · 삼월의 잔설

100 · 오늘도

102 · 위대한 침묵

104 · 일상의 두께

106 · 내 안의 풍경

108 · 나는 나랑

110 · 기다림 1

112 · 소유의 법칙

114 · 혼자 되기

116 · 그 여인의 집

118 · 대화

4부 우물ㄱ 전설

122 · 차를 마시면

124 · 우물ㄱ 전설

126 · 봄날 1

128 · 봄날 2

130 · 내 소중한 것

132 · 밥상 앞에서

134 · 어머니와 딸

136 · 분꽃이 피면

138 · 외갓집

140 · 복숭아 먹기

142 · 수박 먹기

145 · 기다림 2

148 · 의자

150 · 늙어감 1

152 · 늙어감 2

154 · 기도

156 · 팔순 잔치

160 · 백 살 먹기

162 · 감사패

163 · 사랑이여

166 · 진돌이 묘비명

1부
보물찾기

땅끝마을에서

땅끝과 바다 끝이 닿는
땅끝마을에서
바다로 나가본다

산다는 건
이렇게
언젠간 끝에 다다르는 것

산다는 건
이렇게
바닷물에 떨어지는 저녁노을을
속절없이 지켜봐야 하는 것

산다는 건
이렇게
끊임없이 밀려오는 해일을
속수무책으로 맞아야 하는 것

산다는 건
이렇게

해일이 남기는 모래톱을
가만히 몰래 묻어야 하는 것

산다는 건
이렇게
부서져 닳아진 몽돌 몇 개를
소리 없이 골라 줍는 것

보물찾기

어릴 적
낮은 산에 소풍 가서
선생님들이 몰래 숨겨놓은
연필이랑 지우개랑 필통이랑
보물찾기 하느라 하루 종일
나무 위 돌 밑 풀 속을 샅샅이 뒤졌었지

젊을 적
유학 온 서울 거리에선
있는지 없는지도 모르는
세상의 보물을 찾아
부르튼 입술 바람 맞혀가며
광화문통 종로 길 명동 골목 온통 헤맸었지

나 어제는
집 안 어디다 둔
내 보석 반지 찾느라
하루 종일 애간장 태우며
가방 속 서랍 속 장롱 속을 온통 뒤졌다니까

아, 이제는
더 찾을 것도 없는데
세월 속에서 닳고 닦여
내 안에서 그대로 보석이 되어버린
내 마음속 보물들이나 잘 찾아볼까?

나이 듦

연둣빛 새순으로 나와
해 받고 비 맞아
초록으로 우거지고
열매 맺고 커져

제 빛으로 익는 자두처럼
제 맛으로 익는 살구처럼

보드란 새 살로 태어나
따가운 햇살 아래 멱 감고
매서운 칼바람 귀 싸고 맞으며

어느새
햇빛에 바래어 늙고
어느새
바람에 주름져 늙고

겉으론 늙아도
속으론 제 빛 내며 익기를

겉으론 늙어도
속으론 제 맛 내며 익기를

아,
나이 듦에 대한
우리의 바람이여!

인생 1

인생이 뭐 별거던가?
살고 보니
별게 아니더라고

별것이나
될 것 같던 나
그저 이런 사람 되어

별것 같은
새끼들 낳아
애간장 졸이며 키워

별것이나 되기를
야무지게 바랐으나
이제는 별 탈 없이
잘 살기만 바랄 뿐

다시 내 새끼들이
또 별것 같은 놈 낳아
키우느라 애쓰는 것 보며

'고놈 참 별것이네!'
감탄하며 사는 것

젊은 놈들이
'저 늙은이 무슨 재미로 사나?'
해도 다 그런 재미로
사는 거지
안 그런가? 자네는

인생 2

나 젊었을 적
젊고 더없는 아름다움으로
스크린을 매혹시켰던 여인이

이제는 늙어
치매 노인으로 나오는 영화를
옛날 동네에서나 개봉하는 영화를
비 오는 날 보고 나오다

피맛골 그 동네에 고스란히 남은
청일집, 열차집, 참새집, 서린낙지……
낙지 먹고, 소주 마시고
빈대떡 먹고, 막걸리 마시고

그 배우 늙어서 변한 것 빼고는
그 동네나 나나
변한 건 하나도 없는 것 같은데

근데,
나도 정말 그렇게 늙었을까?

근데,
세월이 정말 사십 년이나 흘렀을까?

그 알 수 없는 허망함에
우선 건배나 청해보세!

무수히 채워진 이 골목의 술잔들을 위하여
변함없이 부딪쳐 준 사십 년 된 그대 술잔을 위하여
아직도 그대 앞에 건재한 내 술잔을 위하여

시인

꽃잎이 피어나도
사람들은 시인에게
한 수 읊으세요

꽃잎이 져버려도
사람들은 시인에게
한 수 지으세요

나뭇잎이 물들어도
사람들은 시인에게
한 수 노래하세요

나뭇잎이 떨어져도
사람들은 시인에게
한 수 나오겠네요

그때마다 시인은
귀를 대고
꽃잎에서 새어나는
현존의 소릴 듣고

그때마다 시인은
가슴 졸이며
나뭇잎을 스치는
시간의 잔영을 본다

그러곤,
져버린 꽃의 환청과
떨어진 잎의 환영을
오랫동안 안에서
몸으로 그득 채우다

어느 날 문득
까만 기호로
옷 입혀 보내는
힘겨운 이별을 한다

순수

탁한 공기
맑고 희게 얼려
살포시 내려앉은
가벼운 몸짓 하나로
모든 것 다 덮는
새하얀 눈이여

흙물 빨아들여
정하고 푸르게 한
투명한 줄기
초록의 끝에서
소리 없이 피어나는
수줍은 꽃잎이여

바래고 굳은 살
속살로 하여
모성의 양수 속에서
보드라운 솜털로
덮여나는 갓난아이의
티 없는 살갗이여

아!
나도
요술처럼
치환되어

순백의 눈으로
순연한 꽃잎으로
결백한 아이의 입술로

그렇게
다시 태어나고 싶어라

말 3

내가 쏟아낸 말들을
곧바로 탄탄한 체에
밭쳐 정하게 거르고 싶다

부질없는 것
다 가리고
쓸 것만
남게

부풀린 거품 거르고
독성의 풀씨 거르고
딱딱한 껍질 가리고
찌르는 가시 가리고

실하고
순하고
부드런
속살만
남게

눈

눈이 내린다
와ー!
가슴속에 깔려 있던 탄성들이 내린다

하늘에서 눈이 내려온다
우ー!
어릴 적 새벽에 찍어놓은 발자국들이 내려온다

나뭇가지에 눈이 내려앉는다
아ー!
아련한 기억 위로 그리움이 내려앉는다

바람에 눈가루가 흩날린다
후ー!
사라진 옛사랑이 파편으로 흩날린다

눈이 길옆으로 차곡 쌓인다
하ー!
우리가 불러낸 모든 것들이 다시 추억으로 쌓인다

순전한 사람

그 사람의
마음을
내가
갖지 못하는 것은

내가 그에게 순전한 사람이 못 되기 때문입니다

그의 모든 투정
그의 모든 허물
그의 모든 실수

다 받아주는 사람이 못 되기 때문입니다

그런데
내 마음이
또 이렇게
아픈 것은

내가 그에게 순전한 사람이고 싶기 때문입니다

그의 모든 상처
그의 모든 약점
그의 모든 실패

다 받아주는 사람이고 싶기 때문입니다

이해

눈부신 하얀 꽃잎이 다 지고 나서야
그 찬란함을 느끼고

힘들게 오른 산길을 다 내려와서야
그 아름다움을 알고

갑작스런 바람 앞에서야
하찮은 일상이 얼마나 소중한지를 깨닫네

아, 우리는 왜
모든 걸 지나고 나서야
그것을 이해하게 되는지

우리의 삶이라는 것도
이 낡고 치렁치렁한 치맛자락을
다 벗어놓는 마지막 순간에나
이해될 수 있는 것일까?

일생에 한 번뿐인
결코 돌이킬 수 없는

뉘우쳐도 소용없는
그런 안타까운 이해 말이다

미련

너랑 함께
걷던 거리

너랑 앉아
얘기하던 자리

너랑 같이
먹던 음식

전화벨 소리
문자메시지

너의 웃음
너의 눈

너의 체온
너의 입술

샛노란 산수유가 피어나도
연분홍 산철쭉이 벌어져도

보랏빛 산수국이 번져나도

노랗게 은행잎이 물들어도
다홍빛 감잎들이 떨어져도
흰 눈에 온 천지가 뒤덮여도

난 맨 먼저
너를 생각한다

오늘도 난 언 강가에 서서
얼어붙은 호수 위를 함께 건넜던
네 회색빛 코트 자락을 그리고 있다

넌 내 안에서
사무치는 존재로
그대로 살아 있다

먼 길 떠날 때

친구여,
나 먼 길 떠날 땐

납덩이처럼
굳은 몸으로

사람들 끙끙대는
무거운 몸으로

축축한 땅속에
묻히고 싶지 않네

나,
그 길 갈 땐

세상의 매듭
올올이 풀어
바람 태워
먼저 보내고

내 몸도
민들레 홀씨처럼
가벼이 가벼이

툴툴 털리며
자취도 없이
소멸하고 싶네

그러니, 친구여
길섶에서 혹여
하얀 홀씨 보거든

나인가 여기고
후―후―
가벼이 가벼이
날려 보내주게나
후―후―

장마가 끝나면

여름 하늘이
격정을 토로하며
하늘 문 열어놓고
한 달을 울고 나면

하늘만 쳐다보던
우리 집 마당
백일홍나무
가지 끝 눈가
차츰 붉어지고

휘휘 감겨 구부러진
몸 허물 벗겨가며
석 달 열흘 동안을
소리 없이 붉게
울어댈 차비를 한다

봄부터 참아온
수천 개 눈물방울들

붉게 붉게 천천히
하나씩 토해내어

잎 위에 떨구고
돌 위에 흘리고
마당에 뿌리며

서리 희끗 내려앉는
가을 아침 날까지
백날을 그렇게
나지막이 흐느낀다

자유 하나

어쩌다, 딱 혼자서만
술 한 잔을 마시고 싶을 때

맑고 투명한 유리잔에
희고 찬 얼음을 가득 채워

얼음 터지는 소리 들으며
갈빛 진한 술 한 잔을 따라

야곰야곰
목으로 넘기면

주정이 사르르
온몸으로 스미지

내가 나에게 따라준
온전한 한 잔

내가 나에게 부여한
흠 없는 자유 하나

누구라도 오라
내 흔쾌히 품어주마

누구라도 가라
내 미움 없이 보내주마

그들과의 건배를 위해
술잔을 높이 들고 일어서

나 혼자서 빙글빙글
한껏 우아하게 춤을 춘다

끝없는 윤무를 추며 몰아의
경지에 드는 어느 구도자처럼

한 잔의 술이 선물한
온전한 자유 하나!

핑계

뭔지도 모르고
어딘지도 모르고
허둥대고 다니다 발을 다쳐
깁스 묶어놓고

꼼짝없이
집에 갇힌 신세로
염치없이 남 시켜먹으며
남들보다 한 달 이른 여름휴가를!

호랑이띠
삼재수니 조심해야지,
그만하게 다행이야,
액땜했어 액땜,
이참에 푹 쉬어,

사람들 뜻밖에
많은 성원 보내주고……
어리석게도
한껏 고무된 나

아침에 눈을 뜨면
그렇게 신이 날 줄이야!

나, 아무것도 안 해도 되는 거지?
나, 그럴 권리가 있는 거지?
나, 그럴 자유도 있는 거지?

내, 참
언제는 누가 뭐랬어?
누가 언제는 네 권리 빼앗고,
누가 언제는 네 자유 억압했어?

살면서 핑계 대기는
아주 이력이 났다니까
제 삶 녹스는 줄 모르고!

거시기, 머시기, 저시기

"거시기 가져왔는디요
날씨가 좀 머시기 해서
좀 저시기 허네요"

도톰한 손톱에
까만 때 끼고
땀 냄새 전
막옷을 입고도
말없이

남 일을
온몸으로
온 맘으로
하느라 외려
땀에서 향기가 나는
일하는 아저씨

나라면,
내 몸 안 아끼고
남 일을

저렇게 할 수 있을까?

어떤 자尺로
사람을 재야
잘 재는 걸까?

"좀 거시기 허긴 해도요
머시기로 단단히 했응게
저시기 해서 쓰셔요"

막더위

〈수신 메시지〉
아따,
징허게 덥네
어찌고 지냉가?

〈발신 메시지〉
차말로,
징상맞게 덥다
환장허게 덥다
염병허게 덥다
오사허게 덥다

〈수신 메시지〉
긍께,
미쳐불게 덥네
육실허게 덥네
멋같이 덥네
X같이 덥네

〈발신 메시지〉
그만,
참자 참어
이 더위에도 지짝 찾느라
띠악스럽게 울어대는 저 원색의
숫매미 소리 좀 들어봐라!

〈수신 메시지〉
맞어,
죽은 어메가 살아
돌아와도 안 반갑다는
숨이 꽉 맥히는
삼복더위보다 더한
막더위 아닝가?

어지간히 살았네

햇빛 쏟아지는
투명한 하늘 아래

놀이터에서 함께 노는
손주놈의 청량한 웃음소리가

이 세상 온 시름을
다 놓게 하던가?

그렇담,
자네도 어지간히 산 걸세

우리네 회색빛 인생이
순간 금빛 예술이 되는

고놈들 그 소리
귓전에 닿으면

우리, 그만
돌아가도 되는 것 아닌가?

전생 엿보기

이생에
내 남편으로 사는 이 사람은
내가 전생에 외나무다리에서
만난 한 명의 웬수라지?
그렇게 그렇게 다투고 또 다투며 살지

이생에
내 자식으로 태어난 이놈은
내가 전생에 빚지고
도망 나온 빚쟁이라지?
그렇게 그렇게 주고 또 주며 살지

이생에
내 손자로 환생한 요놈은
내가 전생에 애끓게 사랑하다
헤어진 못 잊을 연인이라지?
그렇게 그렇게 보고 또 보고 싶은 거지

2부

귀로

융프라우에 오면

친구여,
융프라우에 오면
푸른 초원과
하얀 설원을
한꺼번에 볼 수 있다네

친구여,
융프라우에 오면
농심 컵라면 매운 국물을
맹물을 마셔가며 마셔대는 서양 아이를
함께 웃으며 볼 수 있다네

친구여,
융프라우에 오면
급한 그리움으로 쓰여진 편지를
높은 하늘에서 땅 끝으로 툭 떨어뜨리는
빨간 우체통을 볼 수 있다네

친구여,
이곳 융프라우에 오면

나들이 나와 좋다고 헤헤거리는
다운증후군 아들 손을 꼭 잡은
한 여인의 뜯겨 닳아진 손톱은
꼭 못 본 척해야 하네!

크라이스트처치의 이별

저만치서
덩치 큰 청년이
굵은 팔뚝으로
연방 눈을 훔친다

이만치서
주름투성이 허름한 부부가
앙상한 손 얼굴에 대고
뗄 줄을 모른다

아직도 지구 한 귀퉁이에 남아 있는
무성영화 시절의 한 장면 같은 이별……

아,
이곳은 작아도 국제공항
맞아,
긴 이별을 하는 것이로구나

청년아
어디로 떠나느뇨?

얼마나 긴 이별이뇨?

모르는 사람들의
알 수 없는 이별 앞에서
아무도 모르게
나도 모르게
눈을 훔친다

베네치아 청년

희디흰 햇빛 아래
짙푸른 바다 위에
구석구석 올망졸망
곤돌라를 띄워놓고
아, 우리를 설레게 하는 베네치아여!

그 작은 곤돌라에
하염없이 몸을 싣고
닿고 싶은 섬들을
끝없이 펼쳐놓아
아, 우리를 눈멀게 하는 베네치아여!

길은 얼키설키
분간 못 할 골목길로
제멋대로 만들어놓고
모두를 미아로 만들며
아, 우리를 미혹시키는 베네치아여!

길을 잃고 길을 묻는
여행객 우리 모녀에게

흔쾌히 길을 가르쳐주곤
뒤따라 급히 달려와

내 딸이 참 예쁘다고
저기 보이는 저 섬에
눈부신 하얀 저택을 가졌으니
내 딸을 제게 주지 않겠냐고?
아, 유쾌한 청년들이 골목골목 득실대는 베네치아여!

그런데, 청년아
그냥 물어나 보자
내 눈에도 덜 미운 내 딸이
네 눈에도 그리 고우냐?

안 그래도
새 많고 쥐 꼬인 동산에
알곡식 내놓는 것 같아 내 이렇게
몸소 데리고 다니는 것 아니냐?
어째, 알아듣겠느냐?

희디흰 햇빛 같은
짙푸른 바다 같은
끝없는 꿈결 같은
그런 눈을 얼굴에 담은
아름다운 베네치아 청년아!

동남아 소녀

가무잡잡한 살
땡볕에 까맣게 태우며
참 적은 돈을 벌면서도
까만 눈으로 하얗게 웃는
작고 가벼운 동남아 소녀야

난 너와
눈 맞추어 웃고
동남아 영어로 말하고
살을 만지며 정을 통한다

넌 나에게
"마담, 비이유티풀"이라고 엄지를 세우고
난 너에게
"유, 비이유티풀 아이"라고 눈을 가리킨다

며칠 사이 우린
영락없이 정이 들어
어느새 헤어짐을
못내 아쉬워한다

"굿바이, 마담"
"굿바이, 챰"
몇 번이고 손을 흔들며
작별에 작별을 고한다

난 하도 섭섭해
얼마간의 돈으로 표시된
사실은 내 마음을
네게 주고 떠난다

소녀야
내가 만일
돈이 무지 많은
남자였다면
아마 너에게

네 크고 까만 눈이
휘둥그레질 만큼
큰돈을 주고
떠났을 것이다

눈이 까만
동남아 소녀야!

아리랑 어원

아리-랑 아리-랑
아라-리요
아리-랑 고-개를 넘어가네
청천-하늘-엔 참 별도 많-고
우리-네 가-슴엔 수심도 많-네
아리 아리랑 쓰리 쓰리랑
아라리가 났-네--
아리-랑 고-개를 넘어가네

전-라-도 작은 섬에서 태어난 이 내 몸
이제-는 서울 장안에 갑부가 되었네

굽이굽이 구부러진
아틀라스 산 고개를 넘으며
길이길이 이어지는
나일 강 줄기를 지나며

아스라이 먼 지구 반대편에서
함께 여행 온 노신사가
구성지게 이어가는 아리랑타령이

버스 안을 구슬프게 울린다

아리고 아리네
쓰리고 쓰리네
아라리가 났네
상채기가 났네
아라린 고비를 넘어가네
쓰라린 고비를 넘어왔네

사막이 아름다운 것은

사막은
도무지
알 수 없단 말일세

텅 비어 있는데
무엇으로 저리도 가득한지

사막은
참으로
이상하단 말일세

모래 가루뿐인데
무엇으로 그리도 아름다운지

사막은
도대체
설명할 수가 없단 말일세

육신마저 말라 가루로 풍장 되는데
무엇으로 이리도 생명감은 더해지는지

아,
알겠네
밤이 되니 알겠네

모래 선에 맞닿은
짙푸른 밤하늘 위로
두둥실 떠오르는 둥근달
알알이 박힌 별무리

사막을 저리도 가득 채우는
그리도 눈부신 아름다움이여
살아 있음에 이리도 가슴 벅차네

원 달러

그래,
인간은 참
대단한 존재야!
여지없는 감탄을 자아내는
황홀한 앙코르와트여!

그 잊혀진
찬란한 왕조와
경이로운 사원의
간절한 기도 뒤에는
무엇이 남았는가?

"원 달러! 원 달러!"
끈질기게 졸라대며
달라붙는 맨발의
땅꼬마 아이들

더없이 간절해
도저히 내칠 수 없는
새까만 눈동자들

('원 달러'로 이틀을 살 수 있단다)

음영 짙은 광경에
넋을 잃고 허탈해진
내 여행 가방 속은 어느새
'원 달러'의 혼령들로 가득 찼다

나무 팔찌, 나무 피리, 나무 풍경, 구슬 팔찌, 구슬 지갑, 돌멩
이판 오리 그림……

보트피플

캄보디아
씨엠립
톤레삽 호수에는

땡볕에 빨가벗고
나무 막대 저으며
고무 다라 속에서
하루해를 보내는
아이들이 있더라

서로 물싸움질이나 하고
물속 잔새우나 건져 먹고
그 물에 그냥 배설하면서

지뢰에 한 팔을 잃은 아이도
태어난 지 얼마 안 된 갓난아이도
따로 갈 곳이 없어
물 위에서 그렇게
하루를 살더라

날이면 날마다
별다른 일 없이
물결 따라
바람 따라
그저 흔들릴 뿐

밤이면 또
물 위에 올린
나무집에 올라가
살랑살랑
잠이나 자고……

그 아이들이 커
흔들리지 않는
단단한 뭍에
내려놓여지면
세상에나!

온 세상이 빙빙 돌고
흔들흔들 어지러워

다시 물결치는
톤레삽 호수로
꼭 돌아와야 한단다

물 위에서 그렇게
물결 따라
바람 따라
살랑살랑 살아야지
어지럽지가 않단다

보시

중국 신장 지역
돈황 막고굴 가는
사막 한가운데

어디서 나왔는지
모를 몇 사람이 모여
어설프디어설픈
장場판을 벌이는데

눈이 움푹 패인
한 회족 남자가
팔릴 것 같지도 않은
하미과 몇 알 펼쳐놓고

한나절 뜨거운 히를
온몸으로 받으며
까맣게 마른 몸
고양이처럼
작게 웅크려
제 몸속에 숨어 있다

얼마냐고 물으니
까만 눈을 휘둥그레 뜨고
앙상한 손바닥 하나를
히를 향해 쫙 편다

바싹 마른 손바닥에
100$짜리를 한 장
꼬옥 쥐여주니
몸을 포 르 르 떤다

남자여, 놀라지 마소
인생에 가끔은 이렇게
수지맞을 때도 있어야지
안 그런가?

자네가 지금 감동 먹고
있는 이 귀부인도
제 나라에서
과일이라도 살라치면

얼마라도 깎아보려
머리 굴려가며
어떻게 해보는
어쩔 수 없는 그런 아줌마라네

반딧불 보러 가기

보르네오 섬
아시아에서 가장 높아
영험한 영혼이 잠든다는
키나바루 산자락 밀림 마을

어스름 저문 밤
밀림이 늘어진 강을
통통배를 타고
어둑한 얼굴로
너를 만나러 간다

한참을 들어가도
너는 보이지 않고
점점 까매지는 밤하늘에
별들만 하나씩 자꾸 늘어나는데

그대로 컴컴한 강 속으로 빨려
들어가 밀림의 미아가 되려는
바로 그때 너는,

제 새끼가 죽으면
닳아 없어질 때까지
시체를 달고 다닌다는
긴꼬리원숭이가 사는 나무
바로 그 나무 속에서

까만 나무 한 그루를
온통 네 몸들로 밝히며
경이롭게 반짝이고 있었다

어렸을 적
내 손바닥에서 놀았던 너
밤이면 날 찾아왔던 너
이제는 까만 밀림 속에 깊숙이 숨어
내 이렇게 멀리멀리 널 찾아 들어왔구나!

귀로

열 칸도 넘는 긴 기차
한 칸 한 자리를 얻어
내 작은 몸을 싣고,

내 몸보다 열 곱 큰
내 짐 보따리들은
기차 시렁에 올려놓고
한달음으로 달려갔던 길……

이제,
다시 돌아오는
기차 창밖으로 누군가
내게 바람 소리로 흘린다
- 우린 모두가 다르지 -

나도 그에게
바람 소리로 보낸다
- 근데, 그 모두가 아름답지 -

기차 시렁에서

잠들어 있던 내 보따리들이
기지개 켜며 하나씩
와락 반갑게 내게로 달겨든다

다시 주렁주렁
머리에 이고
등에 지고
가슴에 보듬고
돌아오는 길

도망가느라
기차 칸에 팽개친
내 짐들을 도로
모두 끌어안고
돌아오는 길

낯선 곳과의 이별

먼 곳을
무작정 동경하고
마음속에 그리다
드디어 갔다 오면

떠나오는 공항에서도
날아오는 비행기 안에서도
나는 좀체 그곳을
벗어나지 못한다

처음이자
마지막일
그곳 풍경들
그곳 사람들

낯선
거리들, 아이들, 노인들, 여인들
나무들, 꽃들, 과일들, 가게들
강들, 산들, 길들, 호수들, 사막들……

머리에 차고
가슴에 남고
눈에 어려
가실 줄 모르고

비행기에서 내려
도착한 짐을 찾아
공항을 벗어나자면

그제서야 마침내
아! 이제
그곳을 떠나는구나
영영 떠나는구나

그런 생각에
마음이 싸—해져
타고 온 비행기
그대로 돌려 타고
그곳으로 다시
떠나고 싶어진다

가서 다시
똑같은 거리 걷고
똑같은 강가에 서고
똑같은 식당에 가고
똑같은 사람 만나고

그렇게
처음부터
다시 하고 싶어진다

3부
여우가 여우가

그렇게

오래된
신뢰 속에
말없이

오래전
눈빛 속에
자리 잡고

그 안에서
떠날 줄 모르고
깃들어 사는

깊고
오래된
사랑처럼

그윽하고
묵직하게
그렇게

아니,
실없는
바람처럼

건듯
넌짓
그ー렇ー게

자화상

우아하였으나
또한 비루하였고

도도하였지만
하잘것없었으며

단호하였으나
무수히 갈등하였고

용서하고 싶었지만
비난하고 돌아섰으며

사랑하고 싶었으나
지나쳐 멀리 와버렸다

풍요로웠지만
또한 궁핍했으며

비우고 싶었으나
채우고 있었고

나누려 하였지만
여전히 인색했으며

가슴으로 답하고 싶었으나
서둘러 머리로 대답했고

멀리 떠나고 싶었지만
끝내 한 발짝도 떼지 못하였다

아,
나와 나 사이를
쉼 없이 오가며
한없는 자책으로 떠돌아다닌
내 인생의 퍼즐 조각들이여!

여우가 여우가

1
어렸을 적 우린
고개 너머 살고 있는 한 마리
여우의 안부가 몹시도 궁금했지

그래서 우린
해 질 녘이면
어깨동무를 단단히 하고
두근거리는 가슴으로
여우를 찾아 나서곤 했었지

크게 크게 장단 맞춰
노래하며 호기롭게
한 걸음 한 걸음
여우에게 다가갔지

**"한 고개 넘어도
여우가 없고,

두 고개 넘어도**

여우가 없고,

세 고개 넘으니
여우가 있네"

"여우야 여우야 뭐 하니?"
"잠잔다"
"잠꾸러기!"

"여우야 여우야 뭐 하니?"
"세수한다"
"멋쟁이!"

"여우야 여우야 뭐 하니?"
"밥 먹는다"

"무슨 반찬에?"
"고기반찬에"

"살았니? 죽었니?"

"살았다!"

"와, 와, 와!"

겁에 질린 우린
우릴 잡으러 오는
여우에게 안 잡히려고
어깨동무 내동댕이쳐 풀어버리고
뿔뿔이 흩어지며 줄행랑을 쳤었지

2
그렇게 흩어지고
그때부턴 쭉
고개 너머 여우처럼
혼자가 되어 살면서
난 속으로만 여우의 안부를
참으로 궁금해하였지

"여우야 여우야 뭐 하니?"

"여우야 여우야 어디까지 왔니?"

날마다 그렇게 중얼이며
제 앞에 펼쳐지는
수많은 고개들 넘으면서

마침내 난
고개 너머 외롭게
살고 있던 여우가
나 자신임을
뒤늦게 깨달았지

3
오늘도 여우가
고개를 넘는데

T······ 무명의 고개
T······ 미혹의 고개
T······ 지명의 고개

그 많은 고개들
말뚝 박아
이름 붙여가며
첩첩이 넘어오고도

그래도 남은 고개들
노을빛에 바라보며
왼쪽 귀가 순해진 여우가
또 물어본다

"여우야 여우야 어느 고개 넘니?"
"여우야 여우야 얼마나 남았니?"

한평생을 여우 곁에 살며
귀에 못이 박히게 들어온 그 소리에
오른쪽 귀가 순해진 늑대 한 마리가
작은 소리로 대답한다

"이젠
묻지 말고 그냥 넘어

중요한 건 말이야,
우리가 서로 손을
놓치지 않는 거라고!"

그을에 묻다

창밖에서
늘 흔들리고 있는 나무야
네가 얼마나 흔들리며 사는지
난 잘 알지

창밖으로
나무를 흔들고 지나가는 바람아
네가 얼마나 나무를 흔들어놓는지
난 잘 알지

창밖에
성큼 다가선 그을아
네가 얼마나 나무를 막막하게 하는지
네가 알까?

그을아
네 앞에서 나무는
길을 잃었다

그런데 넌

나무를 그대로 남겨두고
무정하게도 빠르게
지나가고 있구나

나무에서 떨궈낸
노을빛 나뭇잎들만
발밑에 수북이
남긴 채 말이다

가을날

푸으른 하늘
흐으얀 구름
히믈근 햇살
스을슬 바람

더함 없을 가을날
혼자 가는 차 안에
라디오에서 흐르는
현악기 선율

불현듯
'누가
이런 날 홀연히
내 곁을 떠난다면?'

닥치지도 않은
엄청난 상실감에
눈물이 눈에
그득 고여

달리던 차
길옆에 세우고
한참을 울었네

은행나무

네가
네 몸을 온통
진한 노랑으로
만들기 전에는

난 네가
이 회색빛 도시
길가에 그렇게
쭉 줄지어
서 있는 줄도
몰랐다

네가
네 황금빛 잎들을
하염없이 하염없이
흩날리기 전에는

난 네가
왜 그렇게
처연한 모습이

되는 줄을
몰랐다

네가
추적거리는 가을비에
누인 네 몸을 노란 물감으로
풀어 도시의 아스팔트 속으로
스며들기 전에는

난 네가
어떻게 온 도시인의
서러운 그리움이 되는지

난 네가
어떻게 모든 이의
소멸의 철학이 되는지를 몰랐다

나무 3

나무가
잎을 보내는 것은
더는 달고 있을
아주 작은 힘도
남아 있지 않아서이다

그동안 나무는
언젠가는 떨어져 나갈 잎을
그를 잉태했던 맹목의 몸으로
가까스로 보듬고 있었지만

나무는 이제 늙어
잎맥의 끝자락이라도
붙잡을 힘이 남지 않은 것이다

'그래,
떨어져 가거라
모쪼록 잘 가거라'

그제서야

나무는
마지막 인사를
할 수 있었다

"……꺼이꺼이……"

떨어져 나가는 제 몸에게

삼월의 잔설

가는 겨울
오는 봄날

호젓한 산자락 밑
조용한 들녘

뜨문뜨문
희끗희끗
표표히
사르르

나부끼다
떨어지는 것
아, 눈인가?

지금 내게 닿아
살며시 녹으며
뭐라고 속삭이는가?

아쉽다고?

아쉽다고 말인가?
이렇게 슬며시 사라져가는
혹여 내 인생 말인가?

지난겨울 몇 번쯤
함박눈으로 펑펑 내리던 날
그런 날 이 들판이라도
한껏 달려보지 못하고
뭐 하고 지냈느냐고?

나지막이
나를 책망하며
삼월에
잔설이 내린다

오늘도

왜 나는
오늘도 꽃이 되지 못하고
구구한 변명인가?

왜 나는
오늘도 새처럼
훌훌 날아보지 못하는가?

왜 나는
오늘도 하늘을 보면서도
한 뼘도 올라서지 못하는가?

왜 나는
오늘도 바다를 흠모하면서도
한 치도 깊어지지 못하나?

아,
꽃처럼 말없이
새처럼 가벼이
하늘처럼 초연히

바다처럼 품으며
살고 싶어라

위대한 침묵

아무리 귀 기울여봐
누가 네게 말해주나

큰 소리로 물어봐
누가 네게 대답하나

그대는 이해되는가
이 철저한 침묵의 세계가

삶은 아무에게도
미리 보여주지 않는
오로지 저만의 세계

지나온 시간의 잔해 속에서만
받아볼 수 있는 수수께끼 정답

내 삶은 그런
깜깜한 침묵 속에서
서투른 내가 내리는
미망의 해석

세계는
물소리, 바람 소리, 새소리,
개 소리, 사람 소리……

태초부터 조금도 변함없는
그 소리로만 존재할 뿐

일상의 두께

어렸을 적,
하룻밤 사이에도
몇 번씩
꿈이 바뀌던 날들에는

일상과 꿈 사이가
하두나 멀어서
늘 먼 꿈을 찾아 떠다니는 내게
일상은 가볍고도 하찮은 것이었지

젊었을 적,
꿈인지 일상인지도
분간 못 하고 허둥대며
지나쳐 버린 날들에는

자꾸만 변질되는 꿈들을
교묘히 접합시키는 용접술로
허겁지겁 일상을 깁느라
그 두께를 헤아리지도 못하였지

나 이제 늙어,
흐름 완만한 강가에 서서
이제는 아련한 내 꿈 조각들을
하나씩 하나씩 하얀 꽃잎으로
표표히 흘려보내는 요샛날에는

남은 내 일상만이
두터워진 내 발뒤꿈치에
자꾸 더 눌어붙어
그 두께를 더하고 더하네

내 안의 풍경

지나온 날들과
가버린 사람들이
떠나온 버스 길처럼
아스라이 남아 있는
내 안의 풍경

부질없던 꿈들과
쉼 없는 욕망들은
저만치 구름으로 떠 있는데

아찔했던 순간들과
궁핍했던 편린들이
빠른 바람으로 스쳐 지나가고

덧없는 일상과
빛바랜 열정은
먼지 낀 유리창 밖으로
여전히 힘겹게 나를 따라오는데

가슴속 회한 덩이는

한줄기 빗물 되어
기어이 흘러내리는구나

아,
내 안의 풍경은
언제쯤이나
파아란 하늘에서
제 멋으로 피어나는
하얀 꽃구름이 될꼬

나는 나랑

나는 늘 나랑
함께 살고 있다

한 번도 헤어지지 못하고
한순간도 떠나지 못하고

내가 나를 못 본 체해도
내가 내게 손사래를 쳐도

나는 내게 갇혀
나는 내게 잡혀

나는 늘
나랑 살고 있다

남 앞에 있는 나랑
혼자 있는 나

방황하는 나랑
꿈꾸는 나

꽃 앞에 선 나랑
부끄러운 나

강 따라 걷는 나랑
후회하는 나

나는 수많은 나랑
우거진 숲이 되어

숲 속에서 한 발짝도
빠져나오지 못하고

나도 도저히
어찌하지 못하는

수만 개의 나랑
매 순간을 함께 살고 있다

기다림 1

뭘 기다리는가?
까만 밤 한허리를
싹둑 잘라내어
하얗게 새우며

뭘 기다리는가?
오장육부 애간장을
바짝 졸여
까맣게 태우며

뭘 기다리는가?
째깍대는 초침 소리에
숨소리 죽여
문소리 환청으로 들으며

뭘 기다리는가?
아침이 오면
깔깔한 눈 부비며
부질없는 헛수고로 끝내며

뭘 그리 한평생 기다리는가?
크게 돌아오는 것 없고
더러는 원망으로도 돌려주는
별일 없으면 남는 장사인
그저 그렁저렁한 일상을

소유의 법칙

어디서 와서
어디로 가는지
아무래도 도무지
알 수 없는 우리가

무지의 허기를
채우느라
날로라도 씹어 먹는 것

헌데, 그 허기는
끝없는 시작이었고
씁쓸한 맛 사이로
간혹 맛보는 달콤함에
상을 결코 물리지 못하는 법

아!
부지러워
부지러워
삐져나온 뱃살 보며
즈로즈로 주문을 외면서도

도시의 빌딩 숲에서
하루를 헤매며
번듯하게 차려진
남의 밥상 앞에서
군침 삼키다

돌아와 허겁지겁
제 작은 밥상 차리느라
오늘도 상다리만
닳고 있다

아,
고 작은 밥상 하나를
한 발짝도 떠나지 못하는
한 인간의 끈질긴 몸짓이여
끝나지 않는 미망의 허기여

혼자 되기

우리는
누구나 혼자라고
사람들은 말하데

지금은 아니라도
나중엔 꼭 혼자라고
사람들은 흔히 말하데

그런데
정말로 홀로 되었을 때
그 흔한 말이 얼마나
무서운 말이 되는지
알고나들 하는 말인지
몰라

함께 산 이들이
하나, 둘
차례로 방을 나서고
마지막 사람까지
내 방 문지방을 넘으면

방문턱으로
스멀스멀
성큼성큼
기어드는

죽음보다
길고 독한
외로움이
얼마나 끔찍한 것인지
알고나들 하는 말인지
몰라

그 여인의 집

혼자 사는 그 여인
작은 개와 함께 사는 그 여인
너무도 적적해서 개 이름만 하루에도
몇 번씩 크게 불러대는 그 여인

난 오늘 그 여인을 보러
고속버스 한 칸을 샀네

외롭게 해서 진 빚
무정해서 진 빚
망각해서 진 빚
하룻밤으로 어떻게 해보려고

여인의 집에서는
시끄러운 TV마저도
여인이 차린 밥상 위의
간장 종지기만큼이나 외롭다

다음 날 이른 새벽
버스 창밖에서

나를 떠나보내는
눈이 퀭한 여인이여

나는 차마
그대 눈을 볼 수 없어
그대 뒤에 핏빛으로 서 있는
빨간 단풍잎만 바라보네

대화

늘 마주치면서도
헛눈질만 하고

늘 느끼면서도
꺼내지 못하고

늘 짐작하면서도
묻지 않았던

내 소중한 사람의
깊고 오랜 상처를

헤어지는
현관문 앞에서
서서 짧게 듣는다

우리가 흘려보냈던
숱한 시간들이 무색하게도
요점만, 절망적으로

아,
살아 있음의 쓰라림이여
사랑하는 마음의 아픔이여

4부
우물¬ 전설

차茶를 마시면

누군가와 그냥
마시는 그런 차 말고

입맛으로 그저
마시는 그런 차 말고

아무도 없는 적막감 속에
마디마디 저린 몸으로
꼼짝없이 혼자
버려져야 하는 날

무거운 몸 겨우 일으켜
찬물 주전자에 받아
가스레인지 파란 불꽃에
팔팔 끓인 물
찻잔에 따라

천천히
아린 목 데어가며
넘기는 뜨거운 차

그런 차를 목에 넘기면,

신열로 달뜬 내 머릿속을
뜨거운 한 줄기로 관통하여
내 영혼까지 도달하는
그런 쇄락한 차를 마시면,

돌아가신 내 어머니
하얀 무명 적삼 입으시고
내 옆으로 다소곳이 내려와
늘 그랬듯 말없는 눈으로
지그시 날 바라만 보고 계시지

우물ㄱ 전설

울 엄니 꿈에
우물ㄱ에서 우물거리던
실뱀 다섯 마리가
울 엄니 몸에서
이 세상으로 나왔다가

하나, 둘,
벌써 두 마리나
또 울 엄니 따라
저세상으로 돌아가고……

지금도
실뱀들 왕뱀 되라고 비느라
새벽 정한수 긷고 있을
우물ㄱ 울 엄니 곁에서
아마, 우물거리고 있을 거야

아직도 다앙—당
왕뱀이 못 되고
이젠 돌아갈 날이나 기다리는

이 세상에 남은 실뱀 세 마리는

전설처럼 기억하는
그곳 우물가가 그리워
어떤 날은

거긴 참으로 아늑할 거라고
서로가 먼저 갈 거라고
순서를 다투는 일도 있다

흰 국화 황국화 속에
피어나는 푸른색 향내가
저으기 편안해지는
그런 날 말이다

봄날 1

꽃 피고 새 울어
더없이 좋은 봄날
난 밖에서 불화하고
내 안에서 터지고

수세미같이
구멍 숭숭한 가슴으로
마당 한구석에
쭈그리고 앉아
호미로 흙을 파고
상추를 모종한다

붉은빛 도는
푸른 잎들을
줄지어 나란히 세우는데

작고 하얀 나비 한 마리
가벼운 날갯짓으로
사뿐사뿐 날아다니다
상추 잎 위에 내려앉는다

꽃도 아닌 잎에
무슨 볼일 있다고
떠날 줄 모르고
그토록 오래 앉아 있는가?

혹시,
나 보려고
하얀 저고리 입고
날 찾아 내려오신
우리 어머니이신가?

나, 알지
어머니 가실 때부터
나와 어머니 사이에
텔레파시가 흐른다는 것을

오늘은 아픈
내 마음 어루만지러
부드런 나비 몸 되어
너울너울 곱게도 춤추시다
내 곁에 사뿐 앉으신 거지

봄날 2

구우 구 구구, 구우 구 구구
산비둘기 소리 들으며
따뜻한 봄볕 받고
흙에서 쑤욱 올라온 쑥을 캔다

옛날 우리 어머니
쑥 캐실 때도 똑같은 목청으로
울어대던 저놈

나도 함께 캘라치면
하찮은 일 하지 말고
공부하라고
근처에도 못 오게 하셨지

"개나리, 진달래 곱다 해도
사람에게 이롭기론 쑥만 헌 것 없제"

그 쑥으로 별거 별거 다 해주셨지
쑥국, 쑥밥, 쑥버무리, 쑥개떡, 쑥경단, 쑥인절미……

어머니,
이제 저도 별수 없이 늙어
요렇게 쑥 캐고 앉았네요
늘 바쁜 내 새끼 쑥떡 해 먹이려고

근데, 어머니
지금 울고 있는 저놈은
그때 울던 고놈은 정녕 아니겄지롸잉?
근데, 난 꼭 저놈이 고놈 같네요

내 소중한 것

어머니는
잔칫집에 가는 날
꼭 말끔히 빤
하얀 손수건을
준비하셨지

애타게
어머니 오기만
기다리던 나에게
돌아오실 적엔
떡이랑 강정이랑
하얀 손수건에
남몰래 꼭꼭 싸다가

"아나! 내 강아지"
하고 내놓으셨지

내가 집에
강아지를 키우고서야
어머니 그 맘 알았지

밖에서
맛있는 것만 보면
내 강아지가 꼭 생각나
핸드백에 챙겨 와서는

하루 내 나만 기다리는
내 강아지에게
나도 엄마처럼
"아나! 내 강아지"
하고 싸 온 것을 풀어놓는다

아,
내 소중한 것들이여!
내 소중한 행복이여!

밥상 앞에서

항상
세끼 밥을
손수 차려주셨던
내 어머니

어쩌다
야단을 맞고
울고 나서도
밥은 꼭 눈물과
함께라도 삼켜야 했지

차려주신
밥상 옆에 꼭 앉으셔서서
내 밥투정 반찬 투정
다 받아주시며
"어서 먹어라, 어서"

어머니가 나갔다 오셔도
내가 밖에서 들어와도
맨 먼저 말은 늘

"밥 먹었냐?"

돌아가신 어머니
내 어머니!
오늘도 밥상 앞에서
어머니가 생각나
그리움에 가슴이 저리고
보고픔에 눈물이 납니다

어머니와 딸

어머니는
늘 나를 짠해하셨지
밥 먹을 때도
잠잘 때도
옆에 있어도
나가 있어도

내가 어머니 되니
내 딸이 늘 짠하다
이름만 불러봐도
전화 목소리만 들어도
손만 잡아봐도
벗어놓은 옷만 봐도

내 딸 낳은 날
내 어머니가
생각나
나, 밤새 울었었지

아마도

그 밤 눈물은
세 얼굴 차례로
타고 흘러내리며
끈끈한 점액으로
짠하게 대代를
이었나 보다!!

분꽃이 피면

한여름 대낮의
뙤약볕이 기세가 꺾여
우리 집 담벼락을
뉘엿거리며 넘을라치면

소박한
우리 집 마당 한켠에선
분홍빛 분꽃 송이들이
하야히 하야히 몸을 풀었지

분꽃이 피면
어머니는 어김없이
확독에 보리쌀을 담가
몸을 불려 통통해진 살을
쌀처럼 하야히 한참을 갈았지

나는 그 옆에서
동글동글 까만 분꽃 씨를 받아
동그란 돌이 희어질 때까지
곱고 하야히 갈고 갈았지

쌀가루같이 희고
보드란 분꽃 가루가
손바닥 한 움큼 모이면
나는 하야히
얼굴에 분칠을 하고

하얗던 보리쌀이
까만 가마솥에서 익느라
도로 거머히 돼버린 보리밥을
식구들과 커다란 둥근상에 둘러앉아
호박잎 강된장에 싸 먹곤 하였지

우리 집 마당에
분꽃이 피면
그때면 말이다

외갓집

우리 외가는 산동네
읍내로 나가려면
이십 리 산길을 걸어야 했지

외가에 가면
노망하신 우리 외할아버지
나보고 누구냐고 가라고 하셨지
울고불고 산길을 걸어 나오면
우리 외할머니 버선발로
날 잡으러 오셨지

집에 돌아올 때면
보따리 보따리 챙겨주시고
암탉 한 마리도
두 다리 묶어 넣어주셨지

보따리 머리에 이고
이십 리 길을 걸어 나오는데
소나기 후드득 쏟아져
암탉이 놀라 도망가고

그놈 잡으러 뛰느라 혼꾸멍이 났었지

외할아버지 외할머니
가시고는 그 집에서
외삼촌하고 외숙모가 사셨지

외삼촌 외숙모 가시자
내 외갓집은 마술처럼
훌쩍 사라져버리고

어느 사이에
우리 집이 외갓집으로
훌쩍 생겨났지

당연히 나는
우리 아이들의
외할머니로 당당히 태어났지

복숭아 먹기

어릴 적
탐스런 수밀도
하나를 게걸스럽게
먹은 기억이 있지

야―얇은 막을 벗겨내고
부드런 하얀 속살에
코를 묻으며
단물 질질 흘려가며

빨간 속살이 나올 때까지
울퉁불퉁한 겉씨가 나올 때까지
딱딱한 겉씨 속에 박힌 빨간 속살까지
깨끗이 발라 먹고 나서는

돌멩이로 겉씨를 깨보았지
호두 껍질보다 더 단단한 속에
미끈하고 하얀 속씨가
한 알 들어 있었지

'오! 이 안에 네가 있었구나'
하얀 속씨를 입안에 넣고
톡 깨뜨려보았지
와! 그 물이 얼마나 쓰던지

나 이제는 왜
복숭아 하나를
그때처럼 치열하게
먹어보지 않는 것일까?

수박 먹기

히처럼 큰
수박 한 덩어리가
여름 히를 이고
우리 집에 들어서면

어머니는 얼른
히수박을
두레박에 태워
우물 속 깊은 곳에
첨벙 가두지

우물 속 찬기를
잔뜩 머금어
서늘해진 히수박이
다시 두레박 타고 올라와

우리 어머니
시퍼런 무쇠 칼에
싹둑 한허리를 잘리면
"와, 빨갛다! 빨간 히다!"

어머니가 빨간 희를
반으로, 또 반으로, 자꾸 가르면
빨간 희는 자꾸 조각이 나고

식구들 앞다투어
잘린 희를 하나씩 들어
한입 크게 무느라
모두가 거친 숨소리

배가 불룩해져
숨 쉬기 어려울 때까지
우물 속 찬기를
실컷 삼켜야 더위가 가셨지

그러곤
우리 어머니
식구들 빨간 이빨 자국
걷어낸 하얀 수박 속껍질
얇게 저며 함지박에서

하얗게 박나물 버무려
저녁상 위에 올리면
빨간 히는 어느새 잊은
우리 집 식구들

박나물 집는 젓가락 사이로
박나물 씹는 이빨 사이로
한여름은 슬슬 줄행랑을 치고 있었지

기다림 2

어렸을 적
내가 학교에서
집으로 오는 시간엔

어머니는 늘
나 좋아하는
간식 대바구니를
벽장 속에 감춰놓고
날 기다리셨고,

난 학교가 파하면
마음이 급해
달음박질로
"엄마아―"를 부르며
집으로 달려오곤 하였지

어쩌다 하루라도
어머니가 집을 비우는 날에는
내 간식 대바구니만
암호처럼 벽장 속에서

날 기다리고 있었지

그런 날이면 난
세상을 다 잃고
토방에 걸터앉아
대문에 두 눈을 박고
어머니만 기다렸지

어머니!
그 시절 나는
어머니만을,

아무도
대신할 수 없는
어머니만을,

이 세상에
단 하나뿐인
어머니만을,

한순간도
놓치지 않고
간절히 기다렸답니다

어머니가
나무 대문을
"삐그더—억"
열고 들어서실 때까지요

의자

젊었을 적
늑대는 유쾌하게
취해 돌아와서는

고깃배 그물망에서 막 건져내
섬광으로 퍼덕이는 물고기 얘기를
여우에게 들려주곤 하였지요

헌데,
오늘 밤
늑대는
만취해 돌아와서는

난파선 한쪽 그물망에
쭈그려 박힌 물고기 얘기를
씁쓸하게 들려주데요

밤이면 늑대 옆에 누워
늑대 숨소리 들으며
평생을 함께 잔 여우는

쓸쓸하게 잠든
늑대 머리맡에서
말똥말똥 빌어봅니다

가버린 늑대의 시간이여,
사라진 늑대의 포효여,
이젠 숲 속 전망 좋은 곳에
의자나 하나 되소서

한 마리 늑대가 하얀 머리
바람에 날리며 여우랑 앉아
감빛 저녁노을이나 함께 구경하게

헌데, 그러다
늑대가 그 노을을 타고
홀연히 숨어버리면
의자에 홀로 남은 여우는 어떡하지?

늙어감 1

평생을
함께한 사람이
내 옆에서 늙어가는
모습을 보는 것은
안타까운 일이지

내 가장
소중한 사람이
변해가는 모습을
날마다 보는 것은
참 쓸쓸한 일이지

그 사람 어제는
지인들 번호 다 입력된 핸드폰 잃어버리고
오늘은 오랫동안 지녀온 볼펜 잃어버리고
내일은 또 무엇을 잃어버릴꼬?

아, 어서
나도 같이 늙어
함께 잃어버리며

그런지도 모르고
행복하게 살고 싶어라

늙어감 2

옛날
우리 할머니
우리가 조금이라도
틈만 보이면
우리 붙들고 끝없는
옛날얘기 하시는데,
우리는 슬슬 도망가고

할머니 시집올 때 그리도 무성하던 골목길 탱자나무 숲
냇가 위 높이 걸린 구멍 뚫린 철로로 오금 저리며 걷던 걸음
그 동네 엿장수, 거렁뱅이, 노름쟁이, 주정뱅이, 미치광이,
장구애비……

한없이 늘어놓아
우리를 질리게 하시더니
나는 아직 그 나이 안 되어서도
자꾸 옛날얘기 하고 싶으니
우리 아이들도 큰일이 났구나

늙으면
망각의 영령들이
기억의 바닥층에서부터
선명하게 살아난다더니

심심할 때 배 만들어 띄우고 놀았던 내 꽃고무신 두 짝
둘러앉아 수건놀이 할 때 내 뒤에 떨어질까 봐
쿵쾅대던 내 가슴 닷짜구리돌, 콩주머니, 삐비밥, 시계풀,
밥칡, 올벼쌀……

다 생생히 살아나 내 앞에서 너울대고 있구나

기도

네가
오직 무사하기만 하다면
지금 내 가진 것
무엇을 못 내놓으리

네가
그저 별 탈만 없다면
지금 남은 내 욕심
무엇을 버리지 못하리

네가
평온하게 숨만 쉬어준다면
지금 내 온 기쁨
무엇을 더하리

한 번도 간절히
빌어보지 못한
부끄러운
이 내 두 손

그 두 손
간절히 모아
누구에게든
무엇에게든

다
낮은 마음으로
무릎 꿇고
빌고 있다

이 순간
오직 너만을 위해서

팔순 잔치

1
울 엄니
다음으로
보고ᄌᆫ
돌아간 울 언니
우리 큰언니

울 언니 보내고
이십 년이 지나도
아직도 혼자 사는
우리 큰형부
팔순 잔치

그 옛날
앞집 순이와
뒷집 권이는
내가 사이에 안 끼면
연애도 못 했지

연지 곤지 찍고

사모관대 쓰고
두 집 담벼락 앞
우리 집 마당에서
시집가고 장가오던 날

꽃봉오리보다 순결한
울 언니 옆에 선
꽃미남 우리 형부
그날도 저렇게
꽃자주 조끼 입었었지

2
집안 조카들에
다 잘 아는 사돈네까지
세월을 훌쩍 넘어와
올망졸망 모이는데

밖에 나가면
잘난 사람도 많더구먼

안으로 모여들면
왜 그리 짠한 사람이 많은지

젊은 시절 한두 번
찻집에 앉아
풋풋한 꿈을
얘기했던 사돈총각은
세상일이 잘 안 풀리는지
추레한 모습이어서
마음이 짠하고

그중에도
제일 짠한
요절한 내 조카가 남기고 간
조카며느리와 조카손자

꽃같이 수줍던 사돈처녀
할머니 다 되어 내 손 잡고는
"옛날 젊을 적엔 모르겠더니
지금 보니 작은엄마하고 똑같어유"

딸 많은 우리 집
첫찌와 막내로 태어나
제일 많이 닮았다던
나랑 우리 큰언니

너무 일찍 돌아가
더더욱
보고즈픈
돌아간 울 언니
우리 큰언니

백 살 먹기

백 살을 딱 채우고
돌아가신 진외갓집 할머니

그 자손들
도시 한가운데
병원 영안실에서도
누런 삼베 상복에
새끼줄 동여매고
주렁 막대기 짚고
"아이고, 아이고" 곡哭하고

고향 선산에
일찍이 마련해둔 산소 자리로
운구하여 하관하는 날
한동네가 모두 일가친척이라
온 동네가 아침부터 들썩거린다

유림들 일찍부터
의관 갖춰 수염 다듬고
동네 아낙들 제수 장만하느라
손이랑 입이 분주하다

160

"어디, 누구싱가? 뽀짝 봐야 알겠네. 어, 인자 알아보겠네, 작은집 큰손부 아닝가? 자네가 시아버지 상복 손수 지었담서? 요샛 사람이 장허기도 허네. 호상도 이런 호상이 없네. 백 년을 살았응게. 어지간 헌 사람 두 배는 안 살았능가? 보통 복인이 아니제. 친정 질녀들까지 다 왔구만. 삼지네덕宅이 손孫들한테 얼매나 잘했능가?"

"그래도 울기는 팔순 넘긴 딸 하나가 울데. 고렇게 애지중지허던 맏 손주놈은 안 와부렀네 잉? 요새는 미국도 비행기만 타먼 오는 것이 일도 아니든만……. 아, 글씨, 할아버지허고 한날에 가셨다 안 헝가? 오래 살아서 맨날 메느리한테 미안허다고 허시드니, 부모는 합제사 못허는 것인디 한날에 제사 지내라고 딱 맞촤서 안 가싱가? 차말로 엽렵허신 분이제."

아, 나도
살아서 사람들한테
용서받을 잘못만 하고
죽어서 저렇게 소박한
덕담 귀에 들으며
묻히고 싶어라

감사패

감사패
귀하는 1928년 함평 이씨 집안에서 태어나
1947년 울산 김씨 집안으로 시집와서
2년 만에 미망인 되어 오로지 여식 하나를 키우며
수절하여 집안의 명예를 지키고 팔순을 맞이하였기에
이를 기리는 마음으로 본가에서 감사패를 증정함

평생을 청상과부로 사신
서슬 퍼런 호랑이 시왕고모님
파란 저고리에 남색 치마 입으시고
팔순 잔치에 감사패 받으시다

그렇지,
저 퍼런색 아니었으면
한평생
수절 과부는 어림도 없지!

사랑이여

흔여인이
흔남자와
어느흐른
처음만나

흔여인이
흔남자와
흔평생을
홈께하고

흔여인이
흔남자와
흔듸오래
홈께늙어

흔여인이
흔남자와
흔날흔시
홈께죽고

흔여인이
흔남자와
봉긋나란
무덤되어

흔여인이
흔남자와
도란도란
들랑날랑

흔여인이
흔남자와
두런두런
토라지고

흔여인이
흔남자와
밤이되면
마주보고

한 여인이
한 남자와
두몸이서
한 몸되어

한 여인이
한 남자와
한데 에서
사위어져

한 여인이
한 남자와
한 주먹의
재가되는

오
내사랑
아
사랑이여

진돌이 묘비명

진돌이(1999. 6. 1~2007. 2. 13)
   경기도 수원 生. 본적 – 전남 진도.
   40일 수유 후 7월 10일 서울 역삼동에 분양.
   5년간 꿈같은 유년과 청년기를 그곳 주인과 住.
   야성의 이빨이 불치의 화근이 되어 경기도 용인으로 유배.
   3년을 30년처럼 살다 유배지에서 卒.
   死因 – 그리움, 기다림, 절망.

늦겨울 비 추적대던 날
네가 아침에 자는 듯
죽어 있더라는 전갈이 왔다

날 잊어달라고
널 애써 잊으려
마음을 다잡고 발길을
끊은 지 2년여

넌 기어코
죽음으로써

날 잊기를 거부했다
내 무정함에 항거했다

넌 죽음에 이르도록
날 그리워하고
날 기다리고
내게 절망하면서도

말 못 하는 짐승이라
말 한마디 못 하고
조금씩 죽어갔다

아,
한 번만이라도
내게로 돌진해 와
그 뭉툭한 앞발로
내 가슴을 힘껏 쳐다오